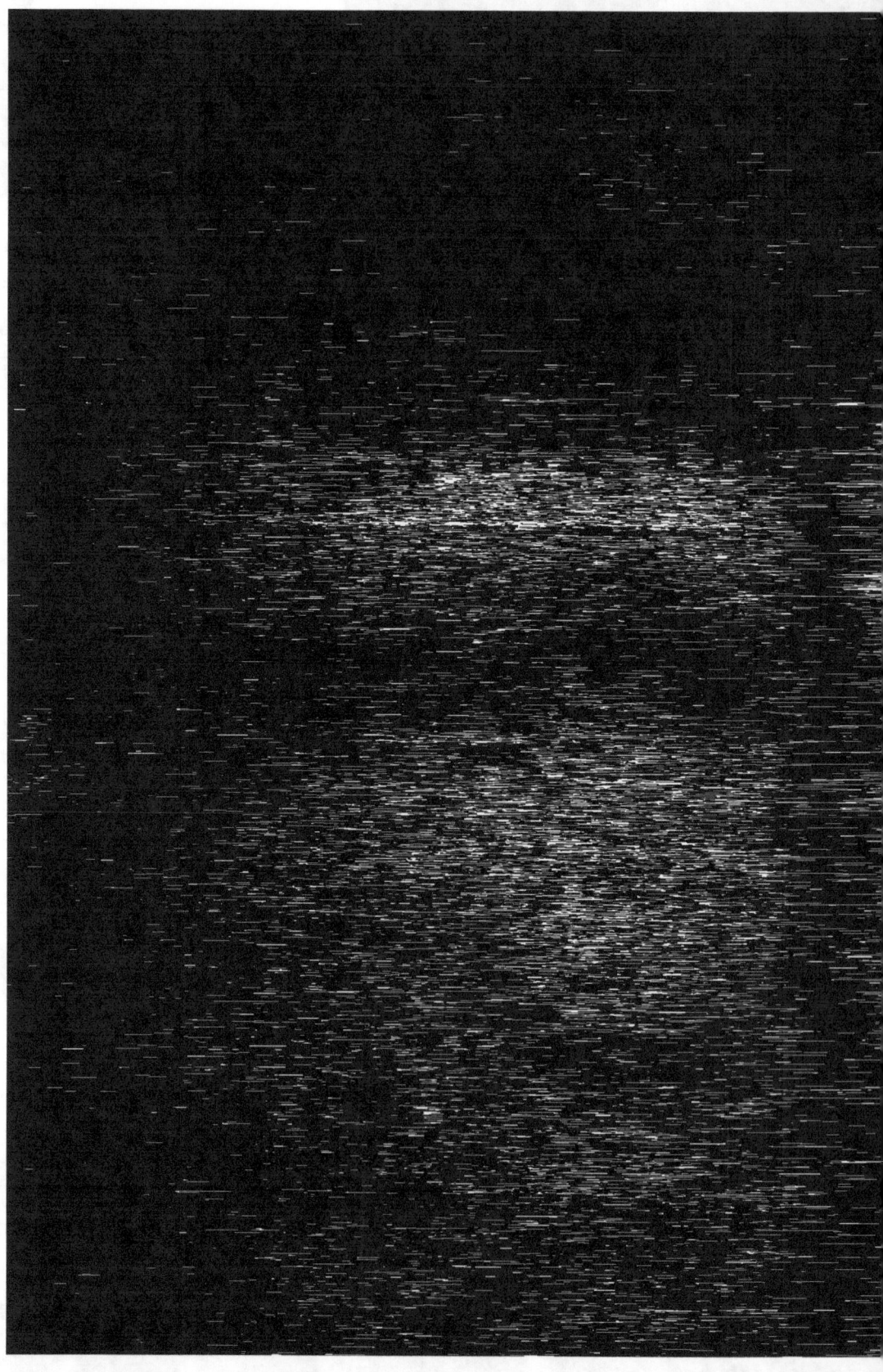

MÉMOIRE

LA PROPRIÉTÉ DU MINEUR

(LANDES)

2699

PARIS. — IMP. SIMON RAÇON ET COMP., RUE D'ERFURTH, 1.

CONCOURS POUR LA PRIME D'HONNEUR

A DÉCERNER DANS LE DÉPARTEMENT DES LANDES EN 1865

MÉMOIRE

SUR LA

PROPRIÉTÉ DU MINEUR

COMMUNE DE LUSSAIGNET, CANTON DE GRENADE
(LANDES)

PAR

LE Mⁱˢ DE DAMPIERRE

PROPRIÉTAIRE

PARIS

LIBRAIRIE AGRICOLE DE LA MAISON RUSTIQUE

26, RUE JACOB, 26

1864

MÉMOIRE

SUR

LA PROPRIÉTÉ DU MINEUR

La terre du *Mineur* est d'une contenance de 425 hec- **Historique**
tares, dont 528 m'ont été donnés en partage de famille
en 1849, au prix moyen de 674 francs l'hectare, et 97
furent achetés par moi, à cette même époque, au prix de
500 francs l'hectare.

Cette propriété avait donc en 1849 une valeur de
267,552 francs.

La partie de la terre du *Vignau* qui m'était échue, si
j'en excepte une seule très-bonne métairie, celle de
Bordecarrère, située sur le bord de l'Adour, était incontes-
tablement la plus mauvaise, la plus arriérée dans sa culture, et les terres de *Lussaignet* n'étaient jamais mention-
nées sans les sobriquets les plus méprisants et les plus
significatifs.

Je résolus néanmoins d'agrandir cette propriété des
métairies du *Mineur*, dépendances dédaignées du beau
domaine de la *Béroge* et complétement enclavées dans

mes terres. Ces métairies étaient plus mal notées encore peut-être que celles que je possédais déjà, et le prix de 500 francs l'hectare que je les payai, malgré la convenance de position que le vendeur n'ignorait pas, dit assez ce que devait être leur valeur réelle. La culture y avait été à peu près abandonnée; les trois quarts des terres étaient occupées par des landes, des fondrières ou des marécages, qui se confondaient avec les parties les plus délaissées et les plus humides du domaine dont je venais de recueillir l'héritage.

C'est au *Mineur* cependant que j'établis le centre de mon exploitation et ce choix a été bien souvent dans le pays un sujet de critiques et de plaisanteries qui avaient porté le trouble dans l'esprit de mes parents et de mes amis. Ils me voyaient avec anxiété jouer là une partie périlleuse, disaient-ils, et ils s'étonnaient de me voir prendre à plaisir pour les essais que j'avais résolu de faire les terres les plus ingrates, les seules peut-être du pays qui après avoir été cultivées eussent été abandonnées.

Je ne me dissimulais pas le danger assurément, mais à côté du danger était la possibilité de réussir, et l'état déplorable de la propriété du *Mineur*, sa mauvaise réputation, constituaient autant de raisons qui venaient en aide au plan nourri depuis longtemps dans ma pensée, et qui devaient rehausser le succès, si le succès venait couronner mes efforts. L'espoir d'être utile à un pays que j'aime, qui a donné à ma famille, qui m'a donné à moi-même trop de témoignages de confiance et d'attachement pour que je ne le paye pas de retour; mes études et mes habitudes agricoles; ma répulsion pour les routines et les préjugés d'une agriculture dont les produits ne devaient plus bientôt être en rapport avec la valeur croissante du sol; ma confiance dans l'avenir de notre agriculture méridionale, si on la dirige dans une voie prudente, mais en même temps progressive; mon désir, enfin, de démontrer que le métayage si dédaigné alors, et auquel on rend aujourd'hui plus de justice, était dans certains pays le mode d'exploitation que l'on devait préférer à tous les autres, furent autant de motifs qui me fortifièrent dans mon projet. — En réussissant dans ces conditions, d'ailleurs, j'obtenais une autorité et une force morale qui devaient me rendre tout facile ensuite : le premier des besoins était d'entraîner la conviction de mes métayers, et il fallait pour cela frapper fortement leurs esprits.

Tels furent mes mobiles, et je vais après quatorze ans exposer la laborieuse exécution et les résultats fructueux de cette entreprise.

Partisan ardent de la culture intensive, que je pratique de mon mieux dans ma terre de Plassac, j'ai toujours cru et je crois encore, après vingt ans d'expérience, que dans le département des Landes et dans les pays analogues le mé- tayage est le mode de culture le plus profitable, le moyen le plus certain, avec l'appui, le concours, la direction suivie du propriétaire, de perfectionner la culture et d'en obtenir le revenu net le plus élevé. Partant de cette idée, mon plan fut de conserver les métayers au *Mineur* et d'arriver à leur faire accepter des cultures nouvelles pour eux, en les aidant de mon exemple, de mes conseils et de mes capitaux : de créer au centre de la propriété, dans les terres qu'ils savaient être les plus froides, les plus mauvaises, les plus difficiles à égoutter de la contrée,

Exposé.

une sorte de ferme d'expérience ; en ne leur demandant jamais de faire eux-mêmes que ce qui aurait réussi sous leurs yeux. Je devais par ce moyen dominer leurs répugnances et obtenir ce concours convaincu et énergique qui seul entraîne le succès.

La création d'une ferme centrale a été considérée par moi comme une lourde charge, mais aussi comme un moyen infaillible de démontrer à mes métayers que les amendements, les fumures, les assolements inusités que j'allais mettre sous leurs yeux, étaient en réalité des opérations fructueuses qu'ils seraient bien fous de ne pas appliquer sur leurs terres, après les avoir vus réussir sur celles bien plus ingrates que j'avais entrepris de traiter ainsi.

Métayage. M. de Gasparin a dit à propos du métayage :

« Il y a dans le principe du partage des produits entre le travailleur et le capitaliste une vertu secrète qui s'adapte merveilleusement aux faiblesses de la nature humaine, qui fait taire la jalousie et la cupidité, et qui semble particulièrement adaptée à la situation actuelle des peuples ; dans les pays à métairie on ne voit pas cette fureur aveugle contre la propriété qui anime les esprits dans ceux à fermages. Courir ensemble les mêmes chances, craindre les mêmes fléaux, se réjouir des mêmes événements, pleurer les mêmes pertes, c'est établir une confraternité qui ne laisse pas prise aux mauvaises passions. »

Je partage cette opinion ; j'ai joui des rapports affectueux que cette solidarité et cette confraternité du métayage établissent entre le propriétaire et le cultivateur, et à une époque où j'entends exprimer à cet égard des craintes très-fondées, ce n'est là ni une médiocre satis-

faction, ni un résultat sans importance. — La vertu
secrète dont parle M. de Gasparin a pour première base
l'équité qui associe le riche et le pauvre, pour les faire
également dépendre de l'inconstance des saisons et de
cette incertitude pleine d'anxiétés que la Providence fait
toujours peser sur le cœur du cultivateur, et qui a inspiré
à un poëte ces vers si vrais :

> Que l'art du laboureur est un art incertain!
> Sa fortune dépend d'un soir ou d'un matin.
> Il voit au gré des vents errer ses espérances.....

Aucun mode d'exploitation du sol ne réalise au même
degré que le métayage, selon moi, cette association du
capital et du travail qui est un des problèmes les plus
difficiles de ce temps.

Aucun n'intéresse autant l'ouvrier au succès des cultures, ne l'attache si vivement à la terre.

Aucun ne permet aussi bien à l'intelligence du propriétaire de diriger les efforts du cultivateur, et aux
forces du cultivateur de prêter leur concours à l'instruc-
tion et à la direction raisonnée des améliorations agricoles.
Le résultat est presque assuré quand propriétaires et métayers s'entendent. L'un apporte le fruit de ses études,
expose les conséquences des expériences plus ou moins
heureuses qu'il a faites ; l'autre présente ses objections,
soumet les motifs de sa défiance, les faits et les circonstances sur lesquels s'appuient des usages contraires aux
modifications projetées, tout est raisonné, pesé, calculé,
et on voudra bien conclure que ce n'est ni la routine, ni
l'ignorance qui triompheront dans cette étude patiente
où chacun a le même intérêt, arriver à une production
plus fructueuse.

J'ajoute qu'aucun mode d'exploitation ne permet mieux que celui-là au propriétaire qui n'a pas la possibilité de cultiver directement ses terres de faire au sol des avances, sans être entraîné au delà de sa volonté. D'une part, il est parfaitement maître de borner l'importance des sacrifices qu'il veut faire; de l'autre, il est assuré que celui qui emploie ses capitaux est aussi intéressé que lui-même à les voir porter tous les fruits possibles.

Aucun, enfin, ne tire un profit aussi sûr du cheptel vivant, qui lui est donné à moitié profits, du bétail que le métayer aime et qu'il soigne avec intelligence.

Cela accepté, il y aurait à faire une étude qui m'a souvent préoccupé, celle du partage équitable du revenu des métairies entre le métayer et le propriétaire, entre le travail et le capital. Quelle est la juste part qui revient à chacun dans le produit de la terre? J'éprouverais un vrai plaisir à m'étendre sur cette question, mais je ne le puis ici et je dois me contenter de dire qu'une certaine uniformité des clauses du contrat dans une même contrée est inévitable, que la recherche équitable des conditions normales de chaque culture serait impossible dans la pratique. La différence de fertilité des terres, du degré d'amélioration où elles sont parvenues; la disposition des terrains qui permet ici telle culture et là impose telle autre; le nombre de bras que compte la famille du métayer, et jusqu'à l'intelligence et l'activité qu'il déploie, constituent autant de motifs qui affectent l'équilibre parfait que l'on voudrait trouver. Établir la proportion des charges et des bénéfices suivant la position de chacun serait la justice parfaite; eh bien, il faut le dire, si l'on agissait ainsi, on ouvrirait la porte aux plus étranges prétentions et aux plus mauvaises passions; on allumerait la

guerre là où la paix est la première condition du succès ;
et il faut, de nécessité absolue, que les conditions du métayage soient identiques dans un pays.

Dans la partie du département des Landes où est situé
le *Mineur* ces conditions me paraissent équitables ; si la
balance penche d'un côté, c'est du côté du métayer et ce
n'est pas un mal. Voici ces conditions :

Le métayer entrant dans une métairie prend les bestiaux et le mobilier agricole de l'exploitation, les chars,
tombereaux, charrues, etc., à dire d'experts.

Le croît du bétail est à moitié profit.

Toutes les fourrages naturels et artificiels sont aban-
donnés au métayer et doivent se consommer sur la métairie.

Toutes les récoltes en blé, maïs, orge, avoine, vin, etc.,
sont partagées par moitié.

Le propriétaire prélève sur ces récoltes seulement,
mais non sur les fourrages, le dixième de la récolte, à titre
d'indemnité pour le payement de l'impôt foncier et mobilier qui reste à sa charge ; pour la valeur locative des
bâtiments qu'il livre au métayer et dont l'entretien reste
entièrement à sa charge ; pour la fourniture du bois de
chauffage et du bois d'ouvrage nécessaire à la confection
ou la réparation de ses outils aratoires.

Les porcs destinés à l'élevage ou à l'engraissement sont
fournis tous les ans au métayer des deniers du propriétaire et, à une époque déterminée, il est fait compte des
profits qui sont partagés par moitié.

La volaille reste la propriété des métayers, ils en jouis-
sent exclusivement, à la condition de donner tous les ans
au propriétaire huit poules, huit poulardes, huit chapons
et six douzaines d'œufs.

Le propriétaire fait extraire à ses frais par des ouvriers étrangers, soit la marne, soit le sable calcaire, soit la terre dont il juge le transport nécessaire sur les pièces de la métairie, et le métayer doit exécuter ce transport du lieu d'extraction dans l'intérieur des pièces.

Le propriétaire fournit tous les ans une certaine quantité de chaux ou de sable calcaire de *Saint-Gein*, et le métayer n'entre dans aucun des frais d'acquisition, il doit seulement le transport de ces denrées sur ses terres.

En vue de coopérer pour une faible part aux travaux de la ferme centrale, qu'il visiterait peut-être peu sans cela, chaque métayer est obligé de fournir tous les ans sept journées et demi de travail par chaque paire de bœufs que compte la métairie, moyennant une indemnité de 1 franc 50 centimes par chaque journée de travail d'un attelage.

En dehors de cette redevance, il est expressément défendu aux métayers, sous peine d'une amende de 5 francs par chaque charroi, d'employer leurs attelages à aucun autre travail que celui de la métairie. Les charrois détournent pour un mince bénéfice les hommes et les bestiaux de la culture d'une manière désastreuse, et on veille avec soin à ce qu'il n'en soit pas ainsi. Les métayers doivent exécuter tous les ans le curage des fossés qui entourent les pièces et transporter les terres là où elles paraissent le plus utiles ; ils doivent également entretenir les tertres, les haies, barrières qui se trouvent sur la propriété et le torchis de leurs bâtiments.

S'il y a mécontentement de la part du propriétaire, celui-ci est toujours le maître de renvoyer son métayer ; il doit seulement le prévenir à une époque déterminée, et le métayer ne s'en va qu'après la récolte faite.

Tels sont les contrats qui lient le propriétaire et le métayer, et il est rare que la mauvaise foi vienne altérer l'harmonie qui préside d'ordinaire à leurs relations.

Une fois bien fixé dans le mode d'exploitation que je devais adopter pour la terre du *Mineur*, j'avais à porter mes vues sur les modifications que devait recevoir la culture en usage dans le pays; car il n'était pas possible de continuer à faire du *blé* et du *maïs*, à des prix qui ne sont plus rémunérateurs, et de laisser l'habitude nous conduire en aveugles dans une voie pleine de périls. En effet, les ouvriers deviennent rares dans les campagnes; leurs salaires augmentent; les gages des domestiques s'élèvent dans les mêmes proportions; l'impôt sous toutes ses formes, les charges de toutes sortes du propriétaire croissent chaque année, pour ainsi dire, et la terre elle-même a pris une plus grande valeur. Or, pendant ce temps, la tendance de tous les gouvernements (ils n'échapperont aucun à la pression qu'exercent sur eux les nécessités politiques), l'effet qu'ils recherchent de toutes les mesures administratives et législatives qu'ils prennent, est, et continuera à être, de faire baisser le prix de certaines denrées agricoles, les céréales spécialement, et de les maintenir à un taux qui, en donnant satisfaction au consommateur, ne laisse plus au producteur un bénéfice suffisant. Cette situation ne demandait-elle pas un sérieux examen?

Il est facile de comparer les produits et les charges de la culture dans notre pays, au moment actuel, avec ce qu'ils étaient il y a trente ans; le blé valait alors ce qu'il vaut aujourd'hui dans les Landes, et la main-d'œuvre se payait un tiers de moins; la terre atteignait à peine la moitié de sa valeur présente, sa plus-value actuelle n'a pas pour cause une production plus considérable, car on ne cultive généralement pas mieux qu'il y a trente ans, et c'est un fait sans rapport avec la juste proportion qui doit exister entre le capital et le revenu. Par cet énoncé seul, il devient évident que la culture du *blé* et du *maïs*, la seule en usage dans le pays, devait être de jour en jour plus onéreuse, et que continuer à faire ce que l'agriculture faisait autrefois devenait un contre-sens, qu'il y avait nécessité de réagir contre un état de choses désastreux.

Il fallait donc s'arracher aux habitudes du passé et adopter une autre marche. L'agriculture du Nord a vu le péril, elle s'est faite industrielle; il n'est plus aujourd'hui dans ce pays une ferme importante qui n'ait une distillerie et une étable d'engraissement. Celle du Midi devait faire la même chose, mais la faire autrement, car elle a la *vigne*, que n'a pas le Nord. A nous, il devait nous suffire 1° de changer la proportion de nos cultures; 2° d'augmenter le rendement de nos terres, en donnant une large part à la culture des fourrages.

Nos vins et nos eaux-de-vie étaient les productions devant lesquelles s'abaissaient les tarifs des pays étrangers, en retour des sacrifices que nous leur avions faits; les lois économiques qui tendaient à devenir et qui sont depuis, en effet, devenues la règle du marché français, facilitaient l'exportation de ces produits privilégiés de notre sol, pendant que les céréales, sans protection désormais, allaient trouver dans les produits de la *Crimée* et de l'Egypte des concurrents qui devaient à jamais abaisser leur prix; l'indication était saisissante.

D'une autre part, le prix de la viande tend à se main-

enir à un chiffre élevé; de faciles débouchés s'ouvrent
e tous côtés pour notre pays; et le bétail va pouvoir
onner en abondance, et à un prix modéré, le fumier qui,
n multipliant le produit de nos champs, en abaisse le
rix de revient.

La ligne à suivre s'indiquait d'elle-même; il fallait, **Programme.**
lans une large mesure, planter des vignes; puis cultiver
les fourrages; sur des contenances plus restreintes, apporter d'abondantes et riches fumures et doubler ainsi
e rendement de ces terres. — Tel est le programme que
e me traçai; mais l'exécution en eût été au-dessus de
mes forces s'il eût fallu l'entreprendre sur une terre de
125 hectares, soumise jusqu'ici à une culture si arriérée,
et sur laquelle il fallait commencer par faire des travaux
considérables de drainage et de défrichement. Elle ne
levenait possible qu'au moyen du métayage. Voici donc
quel fut mon plan : assainir, drainer les terres partout
où c'était nécessaire; planter des vignes sur les vieilles
erres bien exposées pour cette culture, en les remplaçant successivement par des défrichements; concentrer
sur mon exploitation du *Mineur* tous mes soins pour l'a-
mélioration de la culture; y semer des fourrages artificiels en abondance; y entretenir un beau et bon bétail;
et, quant à mes métayers, leur laisser voir les avantages évidents de ce que j'allais faire, sans les troubler
trop dès l'abord dans leurs habitudes, et me contenter
d'exiger sur leurs cultures les modifications suivantes
que j'ai obtenues d'eux sans peine : me laisser faire
à mes frais sur leurs métairies de 1 à 3 hectares de
luzerne; sans rien changer à leur assolement triennal,
modifier la sole du *maïs* de manière à ensemencer tous

les ans la moitié de cette sole en *trèfle* : modification importante à mes yeux, car la culture du *maïs* prend un
temps considérable à nos paysans et réussit mal, inéga-
lement au moins, sur nos terres argileuses, tandis que le
trèfle leur procure une ressource des plus précieuses
pour leurs bestiaux et un bénéfice en argent assez im-
portant, résultant de la seconde pousse qu'on laisse mon-
ter en graine, et qu'il leur est ainsi permis d'affecter aux
vignes la moitié du fumier et des terreaux destinée à cette
mauvaise culture du *maïs*. Le *trèfle* se sème sur la moitié de la sole du blé qui précède celle du *maïs* dans l'u-
sage du pays, de telle sorte qu'à la seconde rotation, en
prenant soin de ne pas ensemencer la même partie qu'à
la rotation précédente, le *trèfle* se trouve ne revenir que
tous les six ans sur les mêmes terres.

Travaux exécutés. Les travaux exécutés ont été considérables. Depuis 1850
jusqu'à ce jour, j'ai successivement procédé sur toutes
les parties de la propriété à la plantation de 90 hectares
de vignes ; au défrichement et à l'assainissement de
66 hectares de landes, fondrières et marécages ; au ni-
vellement d'une plaine aujourd'hui parfaitement égouttée
au moyen d'immenses transports de terre ; à la confection
de chemins d'exploitation ; à la rectification d'une rivière
sur un parcours de plus de 3 kilomètres ; au drainage de
85 hectares de terres ; à la reconstruction de plusieurs
métairies ; à la confection, à *Bordecarrère*, sur les bords
de l'Adour qui menaçait d'envahir cette métairie, de
travaux de défense qui ne m'ont pas coûté moins de
15,000 francs, bien que l'État, dont les ingénieurs ont
dirigé ces travaux, y soit entré pour une petite part.

Les deux plans que j'ai fait faire pourront donner

une idée des défrichements exécutés dans la plaine haute
où les deux tiers de terres étaient en landes ; dans le
vallon, ce n'était également que fondrières, fourrés inex-
tricables d'aulnes, de lianes, de ronces, auxquels se trou-
vaient mêlés de beaux chênes, indice pour moi de la qualité
du sol que je voulais conquérir à la culture. Il a fallu bou-
leverser et niveler toute cette terre. Il reste encore des
spécimens de cette végétation sauvage qui en dit plus
que toutes les paroles, ils disparaîtront bientôt ; mais ils
montrent assez pour le moment ce qu'a coûté de travaux
la belle plaine qui s'étend aujourd'hui sur plus de 4
kilomètres, là où il n'y avait que des marais, d'anciennes
marnières et des eaux sans écoulement.

Ce n'est pas sans difficultés administratives de toutes **Administration**.
sortes que je suis arrivé à exécuter toutes ces transformations. Mon premier régisseur était un homme honnête,
mais d'une ignorance agricole déplorable, il dirigea mes
premiers travaux de défrichement et quelques constructions que je dus faire, avec zèle ; mais il joignait à son in-
capacité une défiance extrême pour tout ce qui sortait
de la culture routinière, et il ne fit que de détestables
travaux, il n'exécuta les instructions les plus minutieuses
que d'une manière qui devait les rendre ridicules ou les
faire avorter.

Je dus prendre patience pendant quelque temps : je
procédai alors à des expériences qui étaient pour moi des
ballons d'essai fort utiles. C'est à cette époque que je fis
drainer sous mes yeux, et par des hommes qui n'avaient
pas la moindre idée de ces travaux, une vigne et un
champ d'une contenance de 2 hectares environ, si humides l'hiver, si durs l'été, que les métayers s'étaient

refusés à continuer la culture du champ et qu'on n'avait jamais vu de raisins dans la vigne, d'une vigueur extraordinaire pourtant. Je m'occupai aussi des bêtes à laine, et j'eus un troupeau de brebis du pays et un troupeau de brebis des grandes landes, que je croisai avec des béliers *south-down* et *dishley* : je dirai plus bas le sort de ces animaux.

Rien de nouveau, cependant, n'avait encore été entrepris, en fait de culture, autre que du *trèfle* et des *betteraves* qui avaient réussi, au grand étonnement de tout le pays, — et au mien aussi, je l'avoue, car mes travaux étaient exécutés avec une maladresse rare.

Le changement radical que j'apportai à cet état de choses en 1853 eut des inconvénients d'une autre nature : j'avais pris à mon service un homme d'une grande intelligence, passionné pour l'agriculture, et qui, ancien élève de *Roville*, se montrait plein d'ardeur pour les innovations de toutes sortes; mais il eût fallu des capitaux plus considérables que ceux dont je voulais disposer pour satisfaire la passion de M. Cézan pour les travaux les plus coûteux. Il alla au delà de mes prescriptions les plus formelles; sa comptabilité irrégulière finit par me donner d'extrêmes inquiétudes, car si probe qu'il fût, il m'engageait au delà de ma volonté : je dus me séparer de lui en 1858.

Je restais à ce moment avec des travaux énormes de défrichement, de transports de terre et d'appropriation, exécutés dans de bonnes conditions; mais la culture n'avait encore eu que la moindre part des préoccupations de M. Cézan; il était temps de mettre un terme à cet état de choses, et je pris la résolution de me priver, à *Plassac*, des services d'un excellent régisseur, M. *Beyrie*, dont j'avais pu, depuis trois ans, apprécier l'intelligence, la sage mesure et le dévouement. Il était originaire du pays, il en connaissait la langue et les habitudes : je lui demandai de se mettre à la tête de mon entreprise. Il le fit en acceptant franchement mes idées, mais sans abandonner, cependant, un penchant un peu trop prononcé pour quelques pratiques agricoles de son pays. Ce ne fut point un mal : je devais avoir à compter avec des objections pleines de sagacité et d'esprit d'observation, et il en est résulté pour moi une connaissance plus approfondie de certaines questions qui compense grandement quelques pertes de temps.

Ce dont M. *Beyrie* a été et resté profondément convaincu, c'est que les vignes et les fourrages abondants doivent jouer un rôle prépondérant dans notre culture, aussi a-t-il énergiquement travaillé dans ce sens. Les défrichements ont dû en même temps être poursuivis sur une grande échelle ; car, d'une part, nos plantations de vignes enlevaient à la culture de grandes étendues de vieilles terres ; de l'autre, les fourrages artificiels occupaient une place importante.

Ce n'était pas tout de défricher, il fallait ensuite amender ces terres de défrichement au moyen de la marne et de la chaux. Ce n'était pas tout d'amender, il fallait encore fumer, car nous ne nous sommes pas dissimulé que les amendements n'avaient d'autre effet que de précipiter la décomposition des détritus organiques qui entrent pour une grande part dans la fertilité de la terre, et qui, en outre, rendent assimilables des substances inorganiques qui, sans cela, eussent été des années à se décomposer et eussent constitué comme une provision de principes

Amendements et fumures.

améliorateurs qui ne se fût donnée au sol que peu à peu et à la longue; il était évident que, du moment où nous arrivions par des procédés chimiques à réaliser dès la première année toutes les forces latentes qui ne devaient se produire qu'à la longue et par décomposition successive, il était juste de rendre à la terre, pour ne pas l'épuiser dès le premier jour, l'équivalent de ce qu'on lui prenait.

Donc, le fumier, et le fumier en abondance, a dû être et a été notre constante et première préoccupation.

Avec le fumier nous pouvions amener à un haut rendement les cultures de céréales qui payent mal le travail, diminuer par conséquent les surfaces à cultiver et laisser ainsi plus de temps à consacrer à la vigne qui le paye mieux.

Avec le fumier, les fourrages de printemps si précieux pour le bétail, si hâtifs dans notre climat, devenaient abondants et favorisaient singulièrement la production de la viande.

Avec le fumier, enfin, la vigne qu'on a eu jusqu'ici la mauvaise habitude de ne pas faire participer à ses bienfaits prenait une végétation plus puissante et promettait des fruits abondants.

Mais cette riche culture devait-elle être imitable et d'un exemple salutaire pour les métayers? Je n'hésite pas à répondre : *oui*. — Et voici mes raisons :

Le métayer dispose d'un certain nombre de bras, de son travail et de celui de tous les siens, c'est là son unique capital; il s'agit de l'employer de la manière la plus fructueuse. S'il va le disséminer sur des étendues de terre considérables, pour la culture des céréales, ainsi qu'il le fait encore aujourd'hui en général, il ne garde plus de place ni de bras pour les fourrages artificiels, ni pour les vignes; son fumier en petite quantité relative est parcimonieusement distribué à toute cette terre, à laquelle il ne laisse jamais un atome de vieille force, et c'est ainsi que se maintient et se perpétue l'épuisement du sol, sans profit pour la culture des céréales. Si, au contraire, on diminue l'étendue de terres consacrées à la culture des grains, les fumures plus abondantes procurent un rendement plus considérable ; s'il n'y a pas économie d'engrais il y a économie de forces, et pendant que les terres qui restent disponibles sont affectées aux fourrages artificiels et permettent pour les années suivantes une plus grande quantité de bétail et de bétail mieux nourri, préparent par conséquent de plus grandes quantités de fumier, les forces économisées se portent avec un grand profit sur la culture des vignes, qui est celle qui profite le plus de la multiplication des façons. Les vignes sont un élément de culture qui n'existe pas dans le Nord, qui doit de plus en plus tenir dans l'agriculture du Midi une place importante, et dont il me semble avoir fait ressortir tous les avantages ; il me paraît donc impossible qu'on hésite à adopter le système qui concentre le travail sur de moindres quantités de terres destinées aux denrées qui payent le moins bien le travail pour laisser plus de temps à consacrer à la vigne qui le paye le mieux, aux fourrages qui préparent les abondants fumiers, c'est-à-dire la fertilité de l'avenir.

Si nos métayers n'ont pas compris cela de prime abord, s'ils ont paru s'effrayer des quantités de fumier apportées sur nos terres, ils ont pu faire, plus tard, la différence de leurs récoltes aux nôtres, ils ont pu apprécier les bons écus comptants que leur rapportait le vin inutile à leur consommation et vendu à de bons prix, ils ont apprécié la haute valeur de leurs vignes, et leur conviction a été faite; il ne leur reste plus qu'à avoir aujourd'hui le courage de rompre avec la routine. Ce moment est déjà arrivé pour quelques-uns, il arrivera pour tous bientôt.

Tels sont les principes et les opinions qui ont décidé de l'impulsion que je devais donner à l'administration de la ferme du *Mineur* et à l'administration des métairies qui se groupent autour d'elle.

RENSEIGNEMENTS GÉNÉRAUX

Sol. Le sol est accidenté; la partie la plus rapide des coteaux est en vignes ou en chênes tauzins que je défriche peu à peu pour planter des vignes à leur place; c'est principalement dans une plaine haute et dans un vallon traversé par une petite rivière que sont la plus grande partie des terres labourables.

Ces terres sont de nature argileuse et en général profondes. — Le sous-sol est composé d'argile pure et de marne, sauf dans les versants un peu rapides où les cailloux sont assez près de la surface.

Ce sont là, du reste, les caractères distinctifs de toute cette contrée qui s'avance en pentes insensibles vers l'*Adour* qui coule à son midi.

Climat. Le climat est assez chaud et parfaitement salubre.

Quoique nous n'ayons pas de marais proprement dits, de nombreuses sources sourdissent dans les lieux qui ne sont pas maintenus en bon état de culture : elle se dessèchent en partie pendant l'été, mais l'hiver elles rendent beaucoup de terrains inaccessibles ; à cet inconvénient s'ajoutent celui de l'imperméabilité naturelle du sol qui ne permet pas l'absorption des pluies et les défauts de pente qui empêchent l'écoulement des eaux, ou qui les réunissent dans des sortes de réservoirs temporaires. — Toutes choses qui maintiennent une humidité fort préjudiciable dans des terres qui pourraient être excellentes.

Les débouchés sont nombreux ; ce sont :

Le marché du *Houga*, à 4 kilomètres.
Le marché d'*Aire*, à 8 kilom.
Le marché de *Barcelonne*, à 10 kilom.
Le marché de *Grenade*, à 12 kilom.
Le marché de *Villeneuve-de-Marsan*, à 12 kilom.
Le marché de *Mont-de-Marsan*, à 22 kilom.
Le marché de *Saint-Justin*, à 24 kil.
Le marché de *Saint-Sever*, à 24 kilom.

enfin, et surtout, le chemin de fer de *Bordeaux* à *Tarbes* dont deux stations, *Aire et Cazères*, sont à 8 et à 5 kilomètres et rendent tous nos rapports commerciaux faciles.

Quelques-unes des petites villes les plus rapprochées du *Mineur* sont renommées pour leurs belles foires ; la vente y est facile, courante, et souvent, en outre, les commerçants viennent acheter sur les lieux mêmes, soit les céréales, soit les bestiaux.

Ce qui nuit seul à la facilité des débouchés, c'est le détestable état des chemins. — Le *Mineur* n'est qu'à

5 kilomètres de la route impérial de *Bordeaux* à *Pau*; mais ce court trajet ne s'effectue pas sans peine et plusieurs chemins vicinaux qui longent ou traversent l'exploitation sont presque impraticables. J'ai obtenu, cependant, dernièrement, le bienveillant concours de l'administration, que j'aiderai de mon mieux pour apporter à cet état de choses désastreux un remède efficace.

Main-d'œuvre. La main d'œuvre est devenue si rare en certaines saisons, que nous serions dans le plus grand embarras si nous n'avions des ouvriers connus sous le nom de *Brassiers*. On loge les *Brassiers* ainsi que leur famille, on leur donne un jardin, du bois pour se chauffer, quelques parcelles de terres à cultiver, et ils ont la permission de nourrir un porc par famille. A ces conditions le *Brassier* doit tout son temps à celui qui le loge, et ses journées sont payées aux prix suivants; pour les hommes, pendant les 6 mois d'hiver, 90 cent.; pendant les 6 mois d'été, 1 fr. 25 cent.; pour les journées de femmes, pendant toute l'année, 75 cent.

Les ouvriers du dehors, et que l'on ne se procure qu'avec peine, se payent 1 fr. 25 cent. pendant les mois d'hiver; on ne peut presque pas obtenir des journées d'eux pendant l'été : les chantiers de chemin de fer et les travaux des villes les ont éloignés de nos campagnes.

Les *Baradiers*, ouvriers excellents qui nous viennent de la montagne, se payent cher, 1 fr. 75 cent. et 2 fr., et pourtant il gagnent mieux encore leur journée que les ouvriers du pays ; malheureusement le plus grand nombre retournent chez eux pendant la saison de la fenaison et de la moisson.

Nous faisions grand cas pour les travaux de défrichement des *Espagnols* qui passaient avec nous les mois d'hiver. Robustes et sobres, ils entreprenaient ordinairement nos défrichements à la tâche, et par brigade, sous les ordres d'un chef avec lequel on traitait : quelquefois je les ai payés à la journée, ils prenaient alors 1 fr. 75 c.; mais les travaux plus faciles dans le sable des grandes landes, spécialement ceux entrepris dans les fermes de l'Empereur, les ont éloignés de nos chantiers et nous en éprouvons le plus vif désappointement.

Les gages des *bergers, bouviers, muletiers,* etc., varient de 150 à 200 fr.

Les productions ordinaires du pays sont le *blé* et le *maïs;* mais nos terres froides et compactes ne conviennent que médiocrement au *maïs :* pour le *blé* et les fourrages elles sont excellentes, au contraire. Et c'est sur cette aptitude particulière que je me suis fondé pour maintenir les assolements quant au *blé;* diminuer autant que possible la culture du *maïs;* augmenter la quantité de fourrages artificiels; et introduire des plantes qui étaient presque inconnues dans le pays et qui y viennent parfaitement, le *colza,* le *chou branchu de Poitou,* la *luzerne.* Productions du pays.

Le *trèfle de Hollande* et les *navets* que dans les cultures soignées du pays on fait succéder au *maïs* n'ont pas été abandonnées et réussissent parfaitement dans nos terres bien égouttées.

Il en est de même du *trèfle incarnat* connu sous le nom de *Farouche.*

On connaît le mode de clôture du pays. Les métayers ont l'habitude d'enfermer les bestiaux dans les landes, dans les champs en jachère, où ils trouvent une maigre nourriture. Il n'est pas aisé de changer ces habitudes, je Clôtures.

n'y arriverai qu'insensiblement dans mes métairies; mais dans mon exploitation j'ai détruit presque toutes les clôtures, mon bétail ne restant jamais dehors sans gardiens.

RENSEIGNEMENTS SPÉCIAUX

Ainsi que je l'ai dit plus haut, la terre du *Mineur* a une contenance totale de 425 hectares. Elle se compose d'un centre d'exploitation, ferme expérimentale dirigée par moi, cultivée par un régisseur, et de six métairies, dont deux ou trois sont d'une étendue trop considérable, ce qui me permettra d'en créer deux nouvelles d'ici à peu de temps. — Leurs places sont marquées au milieu de deux grandes landes destinées l'une et l'autre à être prochainement défrichées, et mon projet, au moment de la formation de ces nouveaux centres de culture, est de distraire des métairies voisines des champs anciennement cultivés pour les leur annexer, afin d'éviter le grave inconvénient de n'avoir, pendant les premiers temps, que des terres réfractaires à la culture des fourrages artificiels.

Il ne m'a pas paru convenable de présenter au jury chargé de décerner la prime d'honneur dans le département des Landes en 1865 une étendue aussi considérable de terre que celle dont je viens de parler; j'ai cru préférable de ne faire concourir que la ferme que je dirige moi-même, et qui est destinée à servir de modèle à mes métayers, avec les deux métairies adjacentes du *Caus* et de *Bartoc*, qui ne sont pas mieux cultivées que les autres, qui comprennent les terres les plus médiocres, et qui n'ont que les deux avantages d'être à proximité du centre de mon exploitation et d'avoir été en grande partie conquises sur des terres livrées à la vaine pâture. Je crois que, de cette manière, j'épargnerai le temps du jury, et qu'il se rendra tout aussi bien compte de mes vues agricoles, de l'exécution de mes travaux, de l'assainissement et de la culture de mes terres.— Le seul point sur lequel il ne sera peut-être pas parfaitement édifié, c'est sur l'étendue de mes plantations de vignes : les deux vignobles le plus importants ayant été formés sur les métairies de *Lagrange* et de *Molès*, qui ne sont pas présentées au concours. Néanmoins, la proximité de *Molès* lui permettra, s'il le désire, de visiter cette métairie.

Les trois centres d'exploitation, dont un plan sera annexé au présent mémoire, sont :

1° La ferme du *Mineur*, de la contenance de 100 hectares 05 ares 57 centiares, ainsi répartis :

	hectares.	ares.	centi. ares.
Prés naturels	6	57	16
Luzernes	15	75	15
Trèfles	4	52	47
Vesces, choux, fèves, maïs fourrages	19	18	14
Blé	9	24	46
Avoine	6	40	29
Jachères cultivées	15	58	21
Vignes	11	62	11
Bois et landes	21	29	26
Sol des bâtiments. — Jardins	1	08	52
Total	100	05	57

2° La métairie du *Caus*, d'une contenance de 44 hectares 91 ares 61 centiares, ainsi répartis :

	hectares.	ares.	centiares.
Prés naturels	9	68	19
Luzerne	1	37	48
Trèfle	2	14	38
Blé, maïs, jachère	14	11	10
Vignes	7	91	87
Bois et landes	15	10	14
Sol des bâtiments. — Jardins	0	58	45
Total	44	91	61

3° La métairie de *Bartoc*, d'une contenance de 35 hectares 50 ares 72 centiares, ainsi répartis :

	hectares.	ares.	centiares.
Prés naturels	3	50	30
Luzerne	1	68	48
Trèfle	1	77	31
Blé, maïs, jachère	12	71	17
Vignes	3	78	11
Bois et landes	9	84	98
Sol des bâtiments. — Jardins	0	39	37
Total	35	50	72

Bâtiments. La métairie du *Caus* a été assainie et rappropriée seulement ; celle de *Bartoc* a été construite en entier, elle est de formation nouvelle. Mais c'est au *Mineur* même que j'ai dû faire plusieurs constructions importantes :

1° Un très-grand bâtiment, construit à chaux et à sable et servant au rez-de-chaussée de chaix, d'atelier de distillation, et, au-dessus, de grenier pour les céréales. Les vastes dispositions de cette construction la rendent fort commode, et la toiture, formant au levant un hangard par son avancement, sert à abriter tous les instruments, toutes les charrettes ; ce hangard a pu recevoir à la fois huit chars chargés de foin ;

2° Une étable pour les bœufs de travail contenant 24 bêtes de grande taille ; il y a trois travées, et chaque bête a un espace de 1 mètre 80 centimètres. Cette étable, construite sur le modèle de celles d'*Hohenheim*, mais avec des dispositions nouvelles qui en rendent le service on ne peut plus commode, n'a pas coûté cher. Il m'a suffi de faire recouvrir entièrement une de ces cours qui se rencontrent dans toutes les exploitations des Landes et qui sont entourées de hangards ouverts où les animaux restent hiver et été exposés à tous les inconvénients de la température. On a prolongé les toitures des bâtiments qui existaient sur trois côtés de la cour, et on les a soutenues au milieu par une double rangée de colonnes, entre lesquelles sont disposées des stalles qui séparent les animaux par paires ;

3° Une autre étable identique, contenant 22 grosses bêtes à cornes, et de jeunes veaux, qui a pu s'établir dans un vieux bâtiment ;

4° Une écurie avec cinq box pour les chevaux et juments poulinières ;

5° Une porcherie ;

6° Une bergerie ;

7° Enfin, un chalet pour mon usage personnel, qui me permettra de faire là, de temps en temps, un séjour un peu plus prolongé que lorsque je n'avais que l'habitation du régisseur à ma disposition.

J'ai fait à mes frais les routes qui relient les centres d'exploitation entre eux ; mais nos chemins publics sont

Moyens de transport.

encore dans un si déplorable état, que je n'ai guère pu changer les moyens de transports en usage dans le pays. Ce sont le *char à quatre roues* et le *tombereau léger* qui passent partout, mais qui ne portent presque rien et n'utilisent pas les forces d'un bétail vigoureux et capable de traîner, sur des routes bien entretenues, le double de ce qu'il transporte sur nos mauvais chemins.

Instruments de labourage. Les instruments employés pour la culture des terres sont, dans les métairies : la charrue Rouquet, de Toulouse ; diverses modifications de la charrue Dombasle et les instruments du pays. Dans l'exploitation du *Mineur*, ce sont : cette même charrue Rouquet ; surtout la charrue de Dombasle de divers numéros ; la défonceuse Rouquet, instrument très-énergique qui sert de charrue sous-sol et que dans les défoncements on fait passer dans la raie ouverte pour approfondir le travail ; le scarificateur de Roville ; le rayonneur de Roville ; la houe à cheval de Roville ; les herses Valcourt ; le rouleau à dents de fer, dit de Norwége ; le rouleau Croskill. Les labours se font profondément, la couche arable étant fort épaisse, et les terres sont mises en planches de 2 ou 3 mètres de largeur.

Assolements. L'assolement en usage dans le pays est triennal, *blé, maïs et jachère.* Dans les bonnes terres et dans une bonne culture, on sème dans le *maïs,* alors qu'il est encore sur pied, des *raves* ou du *trèfle incarnat.* J'ai dit comment j'avais cherché à modifier cet assolement dans les métairies, au profit des cultures fourragères, et en remplaçant l'année de jachère partie par du *trèfle* semé sur du *blé,* partie par des *raves* semées dans le *maïs.* Mais, dans mon

exploitation, je ne tiens aucun compte de ces usages ; la
multiplicité des cultures, la large part faite aux fourrages
artificiels permet, d'un côté, de ne faire revenir les céréales sur les mêmes terres qu'à de longs intervalles ; de
l'autre, les transformations successives qui reçoivent les
défrichements amendés, fumés, cultivés avec soin, en
vue de développer la richesse de la terre, de lui laisser
une large part des éléments fertilisateurs qu'elle a reçus,
ne permettraient pas que nous nous contentions de l'assolement défectueux du pays. Notre pensée dominante,
c'est de n'avoir que des récoltes fortement fumées et abondantes ; mais leur roulement n'est pas fixe, il ne peut
l'être en présence des modifications annuelles que reçoit
l'étendue de terres arables, qui, disposées pour une
récolte, ne le sont pas souvent pour une autre.

La marne, la chaux, le sable calcaire de *Saint-Gein* et
le fumier d'étable sont les amendements et les engrais

Amendements
et engrais.

usités dans le pays, j'en use aussi largement que je le
puis et j'y ai ajouté dans une mesure prudente le guano
et le noir animal.

La marne et la chaux ont des effets excellents sur nos
terres compactes et leur durée peut être évaluée à
15 ans pour la marne, à 10 pour la chaux. — Il y a des
marnières dans chaque métairie, à portée des exploitations et l'extraction de la marne qui se trouve à une petite
profondeur ne présente pas de grandes difficultés : c'est
le transport, surtout, qui en est onéreux dans nos détestables chemins. — La chaux que nous devions aller cher-
cher il y a quelques temps encore à *Roquefort*, à 24 kilomètres, se trouve maintenant à *Villeneuve* à 12 kilomètres,
elle nous coûte là 2 fr. l'hectolitre. — *Saint-Gein* n'est

qu'à 6 kilomètres, son excellent sable calcaire coûte de 1 fr. 25 cent. à 1 fr. 50 cent. le *char* à 2 bœufs, pris sur les lieux.

Le fumier d'étable joue un grand rôle dans notre exploitation et nous lui donnons tous nos soins. Nous nous préoccupons de sa qualité autant que de sa quantité. L'ajonc épineux, qui sert seul à faire la litière des animaux est riche en principes précieux pour nos terres, mais ses grosses tiges se décomposeraient difficilement si elles n'étaient pas soumises à une fermentation puissante, nous mélangeons donc autant que nous le pouvons à nos fumiers, et par couches, des marnes, du sable et de la chaux, qui nous procurent des composts excellents. En outre, on arrose le fumier à l'écope et à la pompe, en laissant entre les tas une profonde rigole à purin.

Le guano, appliqué surtout aux fourrages et aux racines, a donné des résultats merveilleux; mais il est d'un prix trop élevé. M. le comte *de Gourcy* rapporta à Paris, du *Mineur* où il est venu il y a quelques années, des brins de *trèfle* provenant d'une seconde coupe, d'un mauvais *trèfle* manqué qu'on avait dû défricher, mais qu'on s'était décidé, cependant, à conserver pour une année encore, en lui donnant 250 kilogrammes par hectare de guano appliqué en couverture. Ces brins mesuraient plus d'un mètre de hauteur, et le *trèfle* était d'une telle épaisseur, m'écrivait M. de *Gourcy*, « que la faux « avait peine à y entrer. »

L'engrais *Rohard* et d'autres engrais artificiels produiraient sur nos terres des effets excellents, je n'en doute pas ; mais est-il sage d'augmenter par leur emploi le capital affecté à la culture de ces terres ? Là est la question, et je dirai, en parlant de la comptabilité, le motif de mon hésitation.

C'est au moyen d'immenses déplacements de terre **Dessèchements.** qu'on est parvenu à former des champs bien égouttés, là où les sources souterraines, les débordements des ruisseaux et l'imperméabilité naturelle du sol rendaient les terres à peu près stériles. Il a fallu rendre l'écoulement des eaux possible, d'abord, en récurant le lit des ruisseaux, ensuite, en établissant des pentes convenables dans les champs, et en ouvrant des fossés nombreux. Un labourage énergique est venu, aussi, prêter son aide à ce travail très-considérable. Il fut dirigé avec habileté par M. *Cézan;* et pour qui a connu la propriété du *Mineur* il y a quelques années, il y a là une transformation des plus frappantes. 66 hectares ont été ainsi assainis.

Mais cette nature de dessèchements n'a pas suffi, et il **Drainage.** a fallu recourir au drainage. Le sous-sol est si imperméable que, là où il n'y a pas des pentes rapides qui favorisent l'écoulement des eaux, il a fallu porter remède à un état d'humidité des terres qui allait jusqu'à nous interdire absolument d'y entrer en hiver.

En 1851 personne ne connaissait encore le drainage dans nos contrées, je l'avais vu exécuter dans le Nord, à la ferme de la *Ménagerie* de l'Institut agronomique de Versailles, à la *Celle-Saint-Cloud,* près Versailles, et j'avais fait, chez ma belle-mère, à *Jouy-en-Josas* (Seine-et-Oise), un travail de cette nature assez considérable, sous la direction d'habiles entrepreneurs. J'étais convaincu de l'efficacité de semblables travaux au *Mineur;* mais je voulus avant de les entreprendre m'en donner et en don-

ner aux autres la preuve sans réplique. Muni des instruments indispensables, j'exécutai, aidé de simples ouvriers
baradiers du pays, un drainage de deux hectares à titre
d'essai. Les résultats en furent excellents, et ils entraî-
nèrent l'exécution chez mon frère, au *Vignau*, du drainage assez compliqué d'un potager et d'un verger, qui
réussit également bien. Il m'était démontré que j'étais
bien fondé dans mon opinion qu'il n'est aucun pays où le
drainage doive produire de meilleurs effets que dans la
partie argileuse des Landes, aucun pays où il soit de plus
facile exécution. Je fus ainsi amené à prendre la résolution, en 1856, de faire exécuter 100 hectares de drainage
sur la propriété. L'ingénieuse machine à drainer de *Fow-*
ler, venait de faire son apparition au concours universel
de cette année, elle avait fonctionné dans le parc de Versailles, sur une ferme de M. *Rhoné*, à la satisfaction de
tout le monde; moyennant l'engagement pris de venir
faire de suite mes cent hectares, je n'hésitai pas à contri-
buer à une mise de fonds qui nous assurait la possession
de cet admirable instrument. L'administration formée
pour l'exploitation de notre entreprise, envoya au *Mineur*
deux ingénieurs distingués, qui dressèrent le plan de
120 hectares à drainer sur les terrains indiqués par moi,
et compris sur les propriétés du *Mineur*, de *Molès*, du
Caus et de la *Grange*. Il fallait sans tarder se pourvoir de
plus de 300,000 tuyaux nécessaires ; il n'y avait d'autre
fabrique dans le pays que celle de M. le comte *de Bar-*
rau, située à 28 kil. du *Mineur*, et où on n'arrivait que
par les plus affreux chemins ; les transports devaient
me coûter des sommes considérables, et être une entrave
désastreuse pour mes travaux; j'eus la pensée, alors, de
former sur les lieux mêmes une fabrique de tuyaux, qui

eût été pour la contrée un encouragement à essayer de ces mêmes travaux qui allaient s'exécuter sous ses yeux. La machine à étirer les tuyaux de *Witheliead*, qui venait de remporter les premiers prix dans les concours de France et d'Angleterre, me fut offerte par M. le préfet des Landes; j'avais sur les lieux des terres à poteries et des marnes qui me semblaient excellentes pour la fabrication de mes tuyaux; tout semblait favoriser mes projets. Je voulus, cependant, avant tout, faire analyser avec soin les terres à employer, avant de faire aucune dépense : bien m'en prit, mes échantillons confiés à l'obligeance bien connue de M. *Hervey-Mangon*, à l'École des mines de Paris, me donnèrent les résultats les plus imprévus. Ils étaient si riches en principes calcaires et devaient se déliter au contact de l'eau avec une telle rapidité, qu'il n'y avait pas à songer un instant à employer ces terres à la confection de tuyaux de drainage. Je dus m'adresser à M. le comte de *Barrau*, auquel je pris environ 320,000 tuyaux, pour un peu plus de 11,000 fr., et entreprendre le transport difficile et coûteux de cette immense quantité de matériaux.

Au bout de huit mois tout était rendu à pied d'œuvre ; mais dans cet intervalle, hélas! la discorde avait éclaté entre M. *Fowler* et les concessionnaires de sa machine; aux termes d'une des clauses du contrat on avait pu rompre le traité; et je restai avec mes 320,000 tuyaux et mon plan de drainage. Je ne me décourageai pas, cependant, et j'entrepris d'exécuter avec les faibles ressources de notre pays le projet étudié par MM. *Aboilard* et X...; sur les indications de MM. *H. de Marignan* et de *Barrau*, je mis à la tête de mon entreprise un jeune soldat du génie fort intelligent et fort honnête, et j'arrivai, en quatre années, à drainer ainsi les 85 hectares environ qui sont déjà faits. Peu à peu le reste des tuyaux sera employé à des travaux semblables.

Je ne puis trop me louer du résultat de ce travail; il faudrait une longue exposition pour apprécier tous les avantages que je retire du parfait assainissement de mes terres : aujourd'hui on les laboure en toutes saisons et les herbes ont perdu leur acidité naturelle.

Semailles. Les semences de céréales sont faites à la volée, les petites graines sont répandues en terre par le semoir à brouette de *Roville*. Le blé est soumis, suivant l'usage du pays à un chaulage énergique, ou à l'action du sulfate de fer, avant d'être semé. Les céréales se sèment en octobre et novembre. Les *avoines* du printemps sont beaucoup moins bonnes que celles d'automne; nous préférons toujours ces dernières; mais cette année, malheureusement, elles ont subi les désastreux effets de la gelée du mois de janvier, et leur magnifique apparence à cette époque a fait place à un état qui est bien fait pour désoler un agriculteur qui va avoir à soumettre sa culture à l'examen de juges auprès desquels il est toujours pénible d'invoquer les circonstances atténuantes.

Les *avoines* réussissent admirablement sur nos défrichements, et c'est ce qui nous fait attacher une véritable importance à cette culture, que nos métayers ne pratiquent pas assez.

Les *trèfles* sont semés sur les *blés* sur un hersage au printemps.

Les *blés* reçoivent en mars un hersage et une fumure en couverture, lorsqu'ils n'ont pu être fortement fumés au moment des semailles. Les *trèfles* et les *luzernes* sont aussi énergiquement hersés à cette époque et ils reçoivent un peu de guano; trop peu, je le dis à regret, car une abondante fumure serait là parfaitement placée, et une question d'économie nous arrête seule.

Pour la moisson, la grande-faux a été substituée à la faucille, et ce mode de fauchage des *blés* et des *avoines*, qui était tout à fait inconnu dans ce pays, tend à être accepté dans tout le voisinage comme infiniment préférable.

Moisson.

Je possède au *Mineur* la petite machine à battre, à manège de *Pinet*, facile à transporter dans les métairies; mais j'ai toutes les peines du monde à faire accepter par la routine de nos paysans cet instrument qui partout ailleurs est accueilli avec tant de satisfaction. Il est vrai que le service qu'il rend n'est pas complet, et qu'il ne donne pas le blé tout nettoyé. C'est là une exigence que l'on devra désormais avoir pour cette nature d'instruments, qu'ils soient mus par un manége ou par la vapeur. Quelle que soit la bonté des tarares et moulins destinés à repasser les grains, il y a là une perte de temps et une dépense considérable à éviter, et qui peut excuser en réalité les répugnances des batteurs au fléau, si difficiles à détourner de leurs habitudes.

Battage

Il y a au *Mineur* un tarare parfait, un trieur *Vachon* pour les blés de semence, et la manutention des blés se fait avec une extrême facilité dans un vaste grenier bien aéré.

L'égrenoir à maïs d'*Hallié* est celui dont nous nous servons.

Les *vignes* trop négligés pendant longtemps sont devenues depuis dix ans l'objet des soins les plus attentifs; des engrais, du terreau, sont venus en aide à d'excellents labours, à une taille plus soignée, et un épamprage énergique a donné un grand développement au raisin. Les résultats obtenus par ces soins ont été frappants dès 1856; car dans cette année si médiocre, quelques parties ont produit jusqu'à 60 hectolitres de vin à l'hectare.

Toutes nos *vignes* sont basses, cultivées à la charrue, et le produit en est converti en eau-de-vie, dite d'*Armagnac*, d'une vente qui sera de plus en plus facile, car la première médaille d'argent obtenue au concours régional d'Auch, en 1863 pour les eaux-de-vie du *Mineur*, a constaté leur excellente qualité.

La plantation de nos jeunes *vignes* se fait avec soin, sur des terrains bien égouttés, et en général sur les coteaux qui avoisinent notre petite vallée. Je redoute de planter dans toute terre qui n'est pas depuis plusieurs années livrée à une culture soignée; lorsqu'on se hâte trop de faire succéder une vigne à un défrichement, les fougères que l'on a cru détruites et dont des labours profonds et énergiques avaient bouleversé et brisé les racines, profitant bientôt des ménagements qu'impose la culture d'une jeune vigne, reprennent peu à peu de la force et finissent par envahir le terrain.

On fait grand cas d'un bon choix des cépages, mais on n'apporte pas une suffisante sévérité dans l'expulsion de tous les pieds de mauvais rendement. C'est là une question à laquelle on ne porte pas une attention assez soutenue, et qui m'occupe beaucoup : je fais peu à peu détruire tous les pieds appartenant à une espèce mauvaise, ouleuse même, car ils prennent la place de ceux qui onnoraient fidèlement une bonne récolte.

ANIMAUX DOMESTIQUES

Il y a une paire de mules au *Mineur* qui rendent d'ex- ellents services, spécialement pour les charrois. Les hevaux, au nombre de 6 ou 7, sont affectés au service u régisseur, ou sont des juments poulinières de pur ang anglo-arabe et leurs produits. Je ne crois pas au on succès des chevaux de pur sang, même oriental, orsqu'ils sont médiocrement nourris, et je ne saurais résenter comme ayant quelque portée sérieuse un éle- age que je considère comme ne donnant aucun bénéfice, t qui se trouve être la conséquence de circonstances outes particulières.

Chevaux, mules.

24 bœufs ou vaches de race *bazaduise* et *lando-baza- aise*, tous nés au *Mineur*, occupent l'étable des ani- naux de travail. Ils ne travaillent pas tous en même emps, et on n'occupe guère à la fois que deux ou trois a res de bœufs et autant de paires de vaches, qui endent des services presque équivalents à ceux des bœufs.

Rien de plus rustique, de plus énergique au travail ue cette admirable race *bazadaise* dont, après quelques ésitations, j'ai rempli les étables du *Mineur*. J'achetai, l y a sept ans, 8 vaches de cette excellente race, et les

Bœufs et vaches.

46 bêtes (sans compter les jeunes veaux) qui occupent les étables du *Mineur* descendent de ces mères.

Je leur ai donné alternativement des taureaux purs *bazadais* et un taureau de race *béarnaise*, de grand mérite, que j'avais acheté au concours de Tarbes, dans la pensée de donner un peu plus de légèreté aux animaux destinés à faire des travaux pénibles; je reviens actuellement à la race *bazadaise* pure, convaincu qu'elle vaut mieux; et j'ai acheté au concours régional d'Agen, l'année dernière, le 1er prix des jeunes taureaux de la race *bazadaise*, dont j'attends les meilleurs résultats.

J'ai un extrême désir d'arriver à pouvoir engraisser tous les ans un certain nombre de bœufs. Je ne me dissimule pas que c'est là le *desideratum* de toute bonne culture, et j'avais eu l'ambition de parvenir à ce résultat, il y a longtemps déjà, par l'introduction de races bovines étrangères plus précoces que celles du pays. La réflexion m'a porté à penser qu'il y avait un grand danger à entrer dans cette voie, et je me suis arrêté. Ce n'est pas une ferme à culture intensive que j'ai voulu créer, mais bien, je ne dois pas le perdre de vue, une exploitation où devront s'engager toutes les méthodes que je crois profitables de faire adopter et par nos métayers et par tous les cultivateurs du pays. Dès lors, l'élevage du bétail, qui est une des industries les plus rationnelles et les mieux entendues dans les Landes, ne devait-il pas être pratiqué chez moi avec plus de soin dans le choix des reproducteurs, de meilleure nourriture pour les élèves, mais conservée au moins dans ses excellentes tendances? Ne devais-je pas redouter d'entraîner par des exemples tout de fantaisie dans une ligne périlleuse? Je l'ai pensé ainsi et j'ai maintenu dans ma ferme l'élevage le la meilleure race du Midi, qui s'y reproduit avec tous es caractères, et se croise avec un grand profit avec la ace *landaise*, à laquelle elle communique plus d'am- leur et plus de poids, sans lui ôter ses rares qua- ités, et j'ai éloigné de mes étables tous les races étran- gères.

Je trouvai au *Mineur*, en en prenant possession, un petit noyau de brebis du pays, fort rustiques, mais pe- tites et mal conformées, portant une laine des plus gros- sières ; elles appartenaient à la race entretenue dans la partie argileuse des Landes. Je complétai un troupeau de 150 bêtes au *Mineur*, par 100 brebis de la race des grandes Landes, dite de *Saint-Justin*, et je me suis livré pendant deux années consécutives à des croisements des brebis de ces deux races avec un bélier de race pure de *Dishley* et un bélier de race pure *South-down*, provenant l'un et l'autre de la bergerie impériale de *Moncavrel*. Les résultats obtenus ont été fort intéressants et m'ont prouvé la supériorité du croisement *South-down* sous tous les rapports. Les métis *South-down* avaient bien plus fortement retenu l'empreinte de leur père ; la vigueur de leur tempérament était incomparable, leur conforma- tion était aussi bonne, leur viande plus fine et leur laine beaucoup plus tassée, beaucoup meilleure que celle des métis *Dishley*.

Un coup d'œil suffisait pour apprécier bien vite les excellents résultats de ces croisements au point de vue de la viande, car les agneaux, à quatre mois, pesaient déjà plus que leur mère ; mais la question était non moins intéressante et demandait un soin plus attentif pour être étudiée et résolue au point de vue de la laine,

Race ovine.

et j'ai dû poursuivre mes expériences pendant cinq années et sur trois générations successives. Il serait trop long d'entrer ici dans les détails d'une étude qui comporterait à elle seule tout un traité ; qu'il me suffise de dire que ces laines ont obtenu la première médaille d'or au concours régional de *Périgueux*, en 1855 ; la première médaille d'or au concours régional d'*Auch*, en 1856, et une médaille de bronze au concours universel de *Paris*, en 1856 ; que, enfin, les résultats obtenus ont paru assez intéressants pour que la manufacture impériale des *Gobelins* m'ait demandé de faire figurer dans son musée de matières textiles indigènes les échantillons de mes laines, avec les notes sur leur provenance qui les accompgnaient.

La cachexie aqueuse vint bientôt faire de grands ravages dans la bergerie du *Mineur*. Les brebis sorties de la partie sablonneuse des Landes en souffrirent surtout, malgré les soins par lesquels on essaya de combattre l'influence désastreuse de l'imperméabilité de notre sous-sol. Les choses en étaient là quand M. Cézan voulut remplacer ces bêtes par d'autres d'une race beaucoup plus grande et plus fine, et fit venir un certain nombre de brebis du *Lauraguais*, prétendant que le régime presque exclusif de la bergerie étant nécessaire pour toutes nos bêtes ovines, il valait mieux en nourrir d'une valeur plus élevée. Cette épreuve ne fut pas heureuse : la cachexie s'empara aussi du nouveau troupeau ; il fallut s'en défaire. M. Cézan revint alors aux bêtes de Saint-Justin ; il fit venir un lot de jeunes moutons, destinés à l'engraissement, mais l'insuffisance, l'inexpérience des soins qui leur furent donnés, laissa ces animaux dépérir ; on dut se hâter de s'en défaire à perte.

Ces expériences malheureuses, — mal conduites, plutôt, — et pleines d'enseignements cependant, avaient trop mal réussi pour que je ne laissasse pas passer un certain temps sans les recommencer. Elles avaient pris fin en 1857; depuis, 85 hectares de terre avaient été drainés, un régisseur plus attentif, comprenant mieux que la valeur des hommes attachés aux soins des animaux est une condition indispensable du succès, était à la tête de mon exploitation; j'ai pensé que je pouvais reprendre un troupeau et poursuivre une pratique qui m'a pleinement réussi ailleurs et me donne des bénéfices considérables. En 1863, j'ai acheté cent brebis du pays; je les ai placées sous la conduite d'un vieux berger plein de soins, et je les ai accouplées au bélier *South-down*, en vue d'élever les produits pour la boucherie. Les brebis sont conduites aux champs et dans les landes, les agneaux seront nourris à la bergerie et n'en sortiront pas jusqu'au jour de leur mort. Mon désir est qu'ils reçoivent là une nourriture abondante, afin qu'ils prennent un développement précoce et qu'ils puissent être vendus à la boucherie à l'âge de douze ou quatorze mois. Les femelles de ce croisement seront livrées au couteau, aussi bien que les mâles, et je ne compte jamais recourir aux croisements successifs à d'autres degrés, mon expérience m'ayant démontré que jamais la supériorité des produits sur les mères n'est aussi frappante qu'elle l'est au premier degré.

J'ai mis un bélier *South-down* à la disposition de mes métayers, après leur avoir fait castrer tous les béliers indigènes. J'espère leur procurer de bons bénéfices en leur faisant adopter cette pratique à laquelle ils ne répugnent pas, du reste.

Race porcine.   Je tiens en haute estime les porcs des petites races anglaises les plus perfectionnées ; mais j'ai compris la nécessité de ménager au *Mineur* toutes les susceptibilités, toutes les répugnances de nos paysans, et j'ai pensé qu'il fallait leur donner des animaux de taille moyenne et qui ne s'écartassent pas par leur couleur des habitudes du pays, tout en se rapprochant par leur conformation des meilleures races étrangères. Au lieu donc d'envoyer des *New-leicester*, purs de ma porcherie de *Plassac* au *Mineur*, j'y ai établi des porcs noirs et blancs, les uns *Berckshire* purs venant de *Grignon*, les autres, résultats d'un croisement *Essex leicester-manchester*, qui me semblent réunir toutes les qualités requises et qui m'ont produit des animaux du poids de 550 à 630.

Les croisements des mâles de cette race avec les truies du pays ont parfaitement réussi et les premières répugnances ont fait place à une tolérance manifeste, en attendant mieux : nos métayers ne se refusent plus à envoyer leurs truies aux verrats anglais.

———

Comptabilité.   Deux idées ont dû être sans cesse présentes à mon esprit, lorsque j'ai entrepris les travaux du *Mineur* : proportionner la mise en valeur des terres au capital disponible, d'abord ; ensuite, et surtout, ne pas arriver par des mises de fonds trop considérables à porter le prix de revient de la terre à un taux plus élevé que celui des bonnes terres du pays. Il y avait là un équilibre nécessaire à garder au point de vue des intérêts du propriétaire

omme au point de vue des intérêts du progrès agricole
ui-même.

Le revenu net annuel de la terre du *Mineur* était évalué
n chiffres ronds, au 1er janvier 1850, à la somme de
0,000 francs. Je pris la résolution d'employer à des tra-
aux d'amélioration la totalité de ce revenu, plus une
omme de 5,000 francs par an, c'est-à-dire 15,000 francs
ar année. — Cette somme n'a jamais été dépassée; en effet,
u 1er janvier 1850 au 1er mars 1857, le revenu a atteint
e chiffre de 73,500 au lieu de 70,000 francs sur lesquels
avais compté pour sept années, et la dépense n'a été
ue de 100,500 francs au lieu de 105,000 que j'avais
ouscrite à l'avance. Dans cette période je suis donc resté
'une somme de 8,000 francs au-dessous des dépenses
uxquelles j'avais consenti. Cela vient de ce que peu de
ravaux furent exécutées dans les deux premières années
ous une régie plus honnête qu'intelligente et que j'avais
uelque peine à stimuler : cette circonstance a atténué ce
ue la régie de M. Cézan a eu, au contraire, d'excès dans
e sens opposé.

Dans la seconde période, celle qui concerne l'adminis-
ration de M. Beyrie, les dépenses ne sont pas arrivées au
iveau des recettes, et l'inventaire général de la ferme
iontrera néanmoins combien le capital en bestiaux et en
aisseaux vinaires a augmenté de valeur. Du 1er août 1858
u 1er août 1863 la recette s'est élevée à 100,480 francs
5 centimes; la dépense à 84,392 francs 60 centimes,
oit un total pour treize années de 184,892 francs 66 cen-
mes de dépense; les livres de régie feront foi de ces
hiffres.

Il me reste à examiner si ce capital est engagé d'une
ianière fructueuse sur la terre du *Mineur*. Je ne saurai

en douter un instant si je compare le point de départ au
point d'arrivée ; la valeur de cette propriété en 1850 à sa
valeur d'aujourd'hui ; les revenus d'alors à ce qu'ils sont
en ce moment ; à ce qu'ils seront bientôt, avec 90 hectares de vignes plantés sans ôter une parcelle de terre
aux productions de céréales et de fourrages, et que les
terrains préparés à cet effet porteront d'ici à peu de
temps à 120 hectares ; si je tiens compte des améliorations
apportées à une grande partie des terres, autant par le
drainage et les rigoles d'écoulement que par les amendements et les fumures et les travaux qui défendent contre
les débordements de l'Adour 60 hectares de mes meilleures terres autrefois à leur merci.

Le *Mineur* valait 629 francs 41 centimes l'hectare lorsque je l'ai pris, les évaluations les plus modérées en portent le prix vénal aujourd'hui à 1500 francs, et le capital
avancé à la terre n'a été, cependant, jusqu'ici que de
435 francs 04 centimes par hectare ; c'est-à-dire que cette
terre d'une valeur en 1849 de 267,552 francs, et qui a
reçu pour 184,892 francs 66 centimes d'améliorations de
de toutes sortes qui en portent le prix de revient à
452,444 francs 66 centimes, vaut aujourd'hui 627,500
francs, et j'affirme même, la main sur la conscience, que
si ce prix m'était offert, je le refuserais sans hésitation.

A supposer que l'accroissement de valeur des terres
dans le département des Landes soit pour quelque chose
dans cette différence, l'écart est trop grand pour être
explicable autrement que par la plus-value réelle et facile
à constater de cette propriété, qui, de la plus dédaignée
du pays, est maintenant arrivée à être considérée comme
une des meilleures.

D'ailleurs, les revenus du *Mineur* vont prouver, je l'es-

ère, qu'à l'évaluation de 627,500 francs admise pour
864 le placement est meilleur qu'il ne l'était en 1849,
quand la propriété ne valait que 267,552 francs ; qu'il
t en tous cas hors de proportion avec le capital engagé
452,444 francs 66 centimes.

PARIS. — IMP. SIMON RAÇON ET COMP., RUE D'ERFURTH, 1.

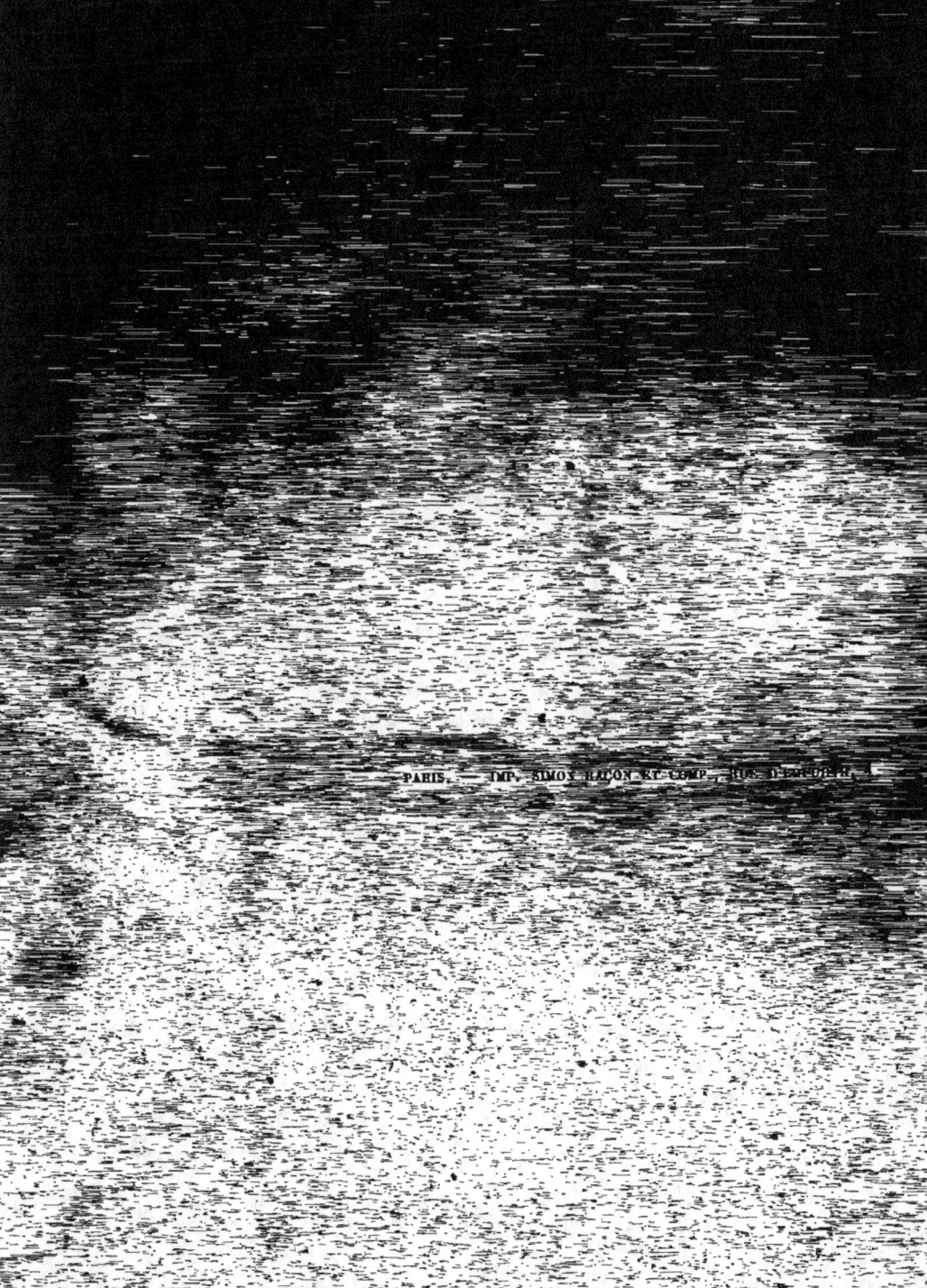

PARIS. — IMP. SIMON RAÇON ET COMP., RUE D'ERFURTH, 1.

www.ingramcontent.com/pod-product-compliance
Lightning Source LLC
Chambersburg PA
CBHW061644180626
46818CB00003B/952